W9-BNQ-206

¡Corre, perro, corre!

corre!

por P.D. Eastman

Traducción de **Teresa Mlawer**

LECTORUM
PUBLICATIONS, INC.
111 EIGHTH AVE., NEW YORK, NY 10011-5201

Para Cluny

¡CORRE, PERRO, CORRE!

Spanish translation copyright © 1992 by Lectorum Publications, Inc.
Originally published in English under the title
GO, DOG, GO!
© Copyright, 1961, by P. D. Eastman. Copyright renewed 1989
by Mary L. Eastman

This translation published by arrangement with Random House, Inc.

ISBN 1-880507-02-1 (hc.)
ISBN 1-880507-20-X (pbk.)

Printed in the United States of America

Perro.

Perro grande.

Perro pequeño.

Perros grandes y perros pequeños.

Perros negros y blancos.

—¡Hola!

—¡Hola!

—¿Te gusta mi sombrero?

—No,
no
me gusta.

—¡Adiós!

—¡Adiós!

Un perro pequeñito entrando.

Tres perros grandes saliendo.

Un perro rojo
sobre un árbol azul.

Un perro azul
sobre un árbol rojo.

Un perro verde
sobre un árbol amarillo.

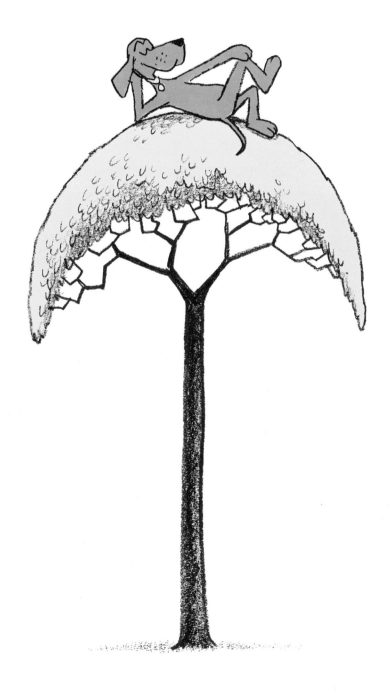

Algunos perros grandes
y algunos perros pequeños
dando vueltas
en sus autos.

Un perro

se quedó sin auto.

15

Dos perros grandes subiendo.

Un perro pequeñito
bajando.

El perro verde
está arriba.

El perro amarillo
está abajo.

El perro azul
está dentro.

El perro rojo
está fuera.

Un perro arriba
de una casa.

Tres perros abajo,
en el agua.

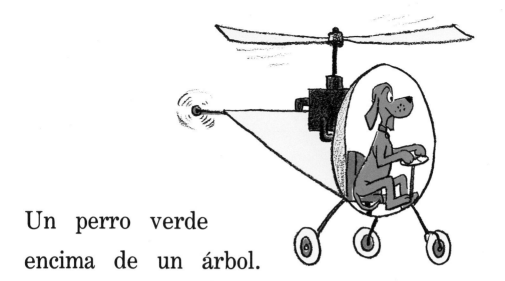

Un perro verde
encima de un árbol.

Un perro amarillo
debajo de un árbol.

Dos perros

en una casa

en un bote

en el agua.

Un perro arriba del agua.

Un perro debajo del agua.

—¡Hola!

—¡Hola!

—¿Te gusta
mi sombrero?

—No,
no me gusta.

—Adiós.

—Adiós.

Los perros
dan vueltas,
vueltas,
y más vueltas.

—¡Una vuelta más!

El sol está afuera.

El sol es amarillo.

El sol amarillo

está encima de la casa.

—Hace calor
aquí afuera
en el sol.

—No hace calor
aquí debajo de la casa.

Ahora es de noche.

Tres perros
en una fiesta
en un bote
por la noche.

Perros trabajando.

—¡Trabajen, perros, trabajen!

Perros jugando.

—¡Jueguen, perros, jueguen!

—Hola, otra vez.

—Hola.

—¿Te gusta
mi sombrero?

—No, no me gusta
ese sombrero.

—Adiós, otra vez.

—Adiós.

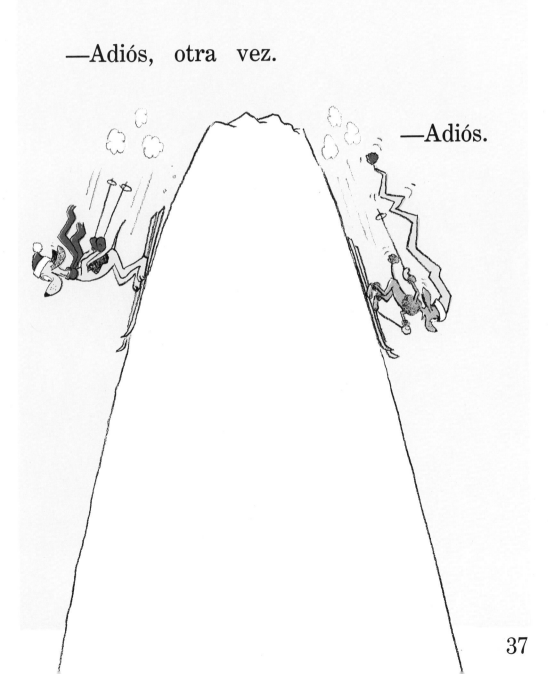

Los perros
se van en sus autos.
Se van de prisa.

Mira a esos perros como van.
¡Corran, perros, corran!

41

—¡Paren, perros, paren!
La luz está roja.

—¡Sigan, perros, sigan!

La luz está verde.

Dos perros juegan.

Ellos juegan allá arriba.

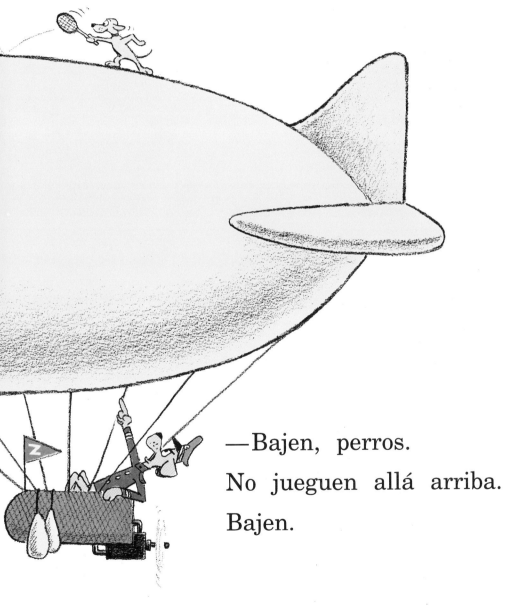

—Bajen, perros.

No jueguen allá arriba.

Bajen.

Ahora es de noche.
No se juega
durante la noche.

Es hora de dormir.

Los perros van a dormir.

Ellos duermen toda la noche.

Ya es de día.

El sol ha salido.

Es hora

de levantarse.

—¡A levantarse!

Es de día.

Es hora de ponerse en marcha.

¡Corran, perros, corran!

51

Allá van.

¡Mira que rápido van los perros!

52

¿Por qué van tan rápidamente
en esos autos?

¿Qué van a hacer?

¿Adónde van los perros?

Mira a donde van.
Todos van hacia
aquel árbol grande.

Ahora se paran los autos.
Ahora se bajan los perros.
Y ahora mira
hacia donde van.

¡Van hacia el árbol! ¡Van hacia el árbol!

¡Suben al árbol! ¡Suben al árbol!

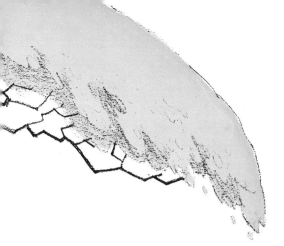

Suben

hasta lo alto del árbol.

¿Por qué?

¿Trabajarán allí?

¿Jugarán allí?

¿Qué hay allí

en lo alto de ese árbol?

¡Una fiesta!
¡Una gran fiesta!
Perros grandes,
perros pequeños,
perros rojos, perros azules,
perros amarillos, perros verdes,
perros negros y perros blancos
¡todos están en la fiesta!
¡Vaya que fiesta de perros!

—¡Hola!
¿Y ahora
te gusta
mi sombrero?

—Sí, me gusta.

¡Vaya que sombrero!

¡Me gusta!

¡Me gusta mucho
ese sombrero de fiesta!

—¡Adiós!

—¡Adiós!